당신이 태어났을 때
온 세상이 기뻐했습니다

오오키 유키노 지음 | 사토 요우코 그림

라의눈

따돌림을 당했을 때도
웃고 싶지 않았을 때도
웃었어요.

사랑하는 사람들이 기뻐하니까
하고 싶지 않은 일도
힘을 냈어요.

좋아하는 게 따로 있었는데…

"이런 내가 싫어!"라며
늘 마음속으로 자신을 나무랐어요.

나는 이렇게나 온힘을 다해 애쓰고 있는데
왜 행복해지지 않을까요?

이런 인생, 지긋지긋해…

우주야, 넌 왜 나를 만든 거니?

네 마음이 외치는
소리를 잘 들었단다.

살아가는 일이 너무 힘들어서
네가 잊어버린 것이 있어.

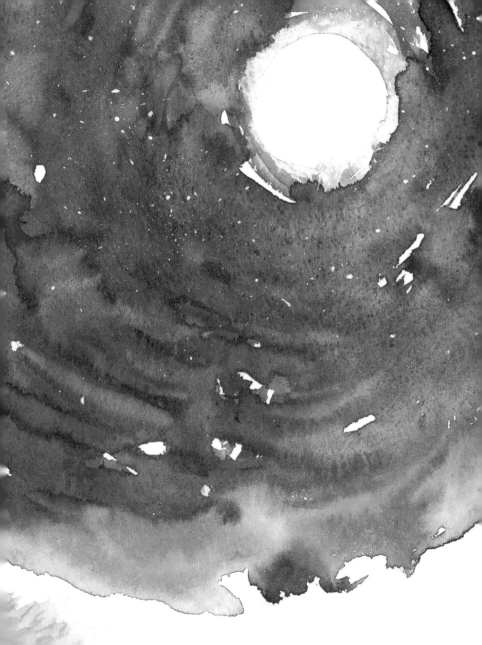

사실은, 네가 태어나주기를
이 세상 모든 것들이 애타게 기다렸단다.

그래서 네가 태어났을 때
온 세상이 기뻐했지.

지금도 마찬가지야.
네가 존재하는 것만으로도
모두가 감사하고 있단다.

지금 그 의자도
네가 앉아 있는 것이
무엇보다 기쁘고

테이블도 네가 좋아하는 물건들을
잔뜩 올려놓았다는 것에
자부심을 느낀단다.

네가 입고 있는 원피스 역시
옷장에서 꺼내진 순간
아주 기뻐했지.

지금도 너를 빛내주기 위해
나풀거리고 있어.

방금 먹은 샌드위치는
네가 살아가는 힘이 되었다는 사실이
무척 뿌듯하단다.

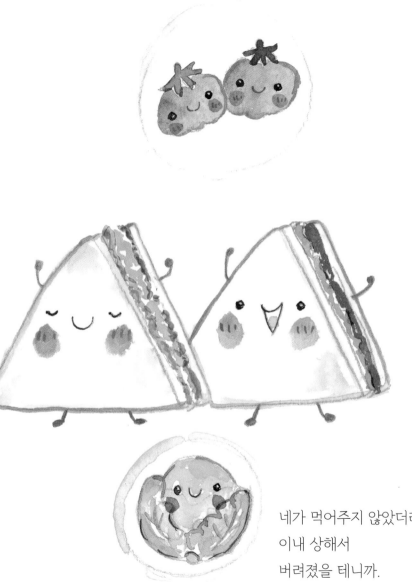

네가 먹어주지 않았더라면
이내 상해서
버려졌을 테니까.

강아지는
네가 바라봐줄 때
어깨를 으쓱해.

고양이 역시
너의 손길을 기대하며
귀여운 포즈를 취하지.

네가 작은 새들의
목소리에 귀 기울이면
더 달콤한 노래를 부르려 노력한단다.

나무는 네가 올려다봐주면
기뻐하며 쑥쑥 가지를 뻗고

꽃은 네가 들여다봐주면
두근두근하며 뺨을 붉게 물들이지.

하늘도
바다도
산도
모두가 네가 바라봐주면 반짝이기 시작해.

사람들도 그렇단다.

네 인사가
누군가의 마음에
사랑의 등불을 켜준다는 걸 아니?

숨바꼭질 할 때도
네가 술래가 되어주어
모두가 즐거웠던 거란다.

싸움 역시, 혼자서는 할 수 없지.
누군가가 있기에
서로에게 섭섭함도 느끼는 거야.

그렇게 사람들의 마음을
알아가게 되는 거란다.

사랑도 말이야…

사람들의 마음이 어떻게 움직이는지 가르쳐준단다.

네가 있으니까
모든 것들이 빛나고

누군가는
네가 없었다면 상상도 할 수 없는
소중한 경험을 하게 되지.

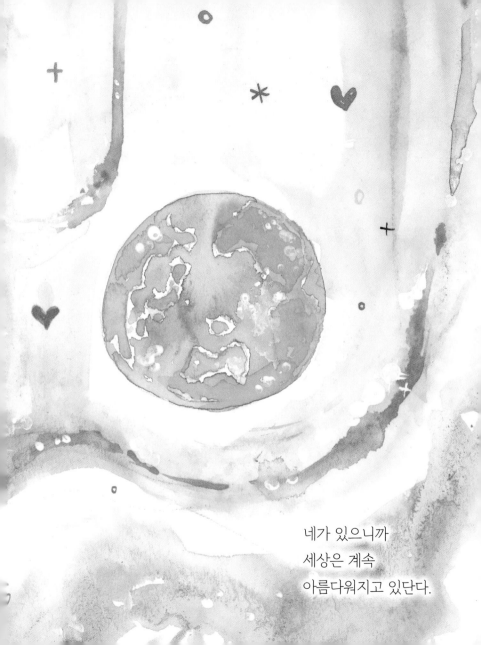

네가 있으니까
세상은 계속
아름다워지고 있단다.

이제부터는
더 이상 억지로 웃지 마.

울고 싶을 때는
실컷 울어도 좋아.

너는 그냥 너로도 충분하니까.

이젠 네 마음이 기뻐하는
일을 해봐.

네가 마음으로부터 인생을 즐거워하는 것이
누군가에겐 힘이 된단다.

"이런 내가 싫어!"란 말은
하지 마.
그런 네가 있어서, 모든 것이 찬란한 거니까.

앞으로도
힘든 일
슬픈 일
괴로운 일을 만나게 될 거야.

하지만, 지금의 너라면
꼭 견뎌낼 수 있을 거야.

넌
우주가 만든
최고의 작품이니까.

네가 있어서
이 세상이 존재하는 거란다.

당당하게 가슴을 펴고
주인공으로 살아가도 돼.

부디 꿈속에서도 잊지 마.
너는 이 세상에 없어서는 안 될
둘도 없이 소중한 사람이란 것을.

그래도 힘들어지는 순간이 온다면,
마음을 담아 이렇게 외쳐봐.

나는 우주 최고으

작품이다.

나는 있는 그대로

완전하다.

나는 모든 것들에게 사랑받고 있다.

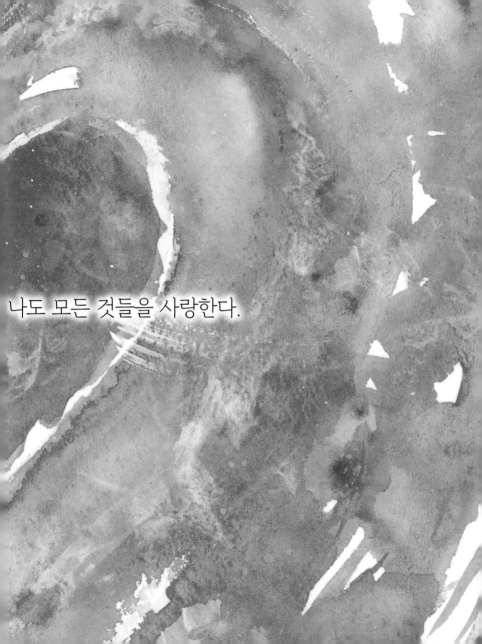

나도 모든 것들을 사랑한다.

나는 모든 순간 나를 사랑하고,

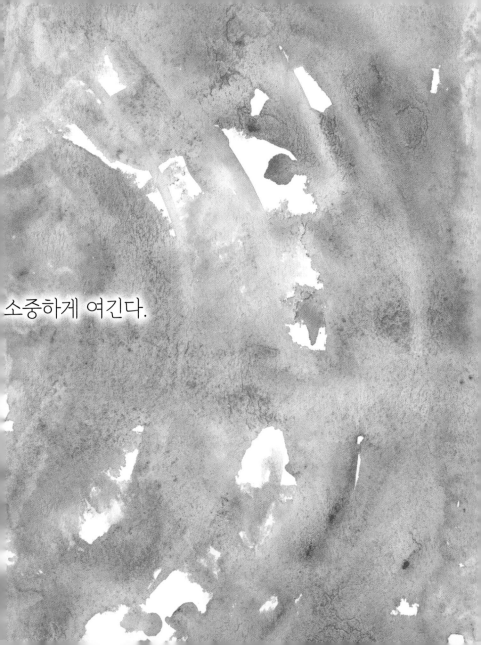

소중하게 여긴다.

하루 30분 명상으로 나를 사랑하고 세상을 사랑하게 됩니다

[자존감 명상을 하는 방법]

① 등을 펴고 의자에 앉으세요. 똑바로 선 자세도 좋습니다.

② 심호흡을 하면서 잡념을 떨쳐버립니다.

③ 양손을 교차해 가슴 중앙에 모으고, 가볍게 눈을 감습니다.

④ 가슴 저 안에 있는 나의 마음을 의식합니다.

⑤ 마음 깊은 곳까지 침투시키겠다는 생각으로, 그림책의 뒤편에 나오는 자기 긍정의 문장들(affirmation)을 소리 내어 말합니다.

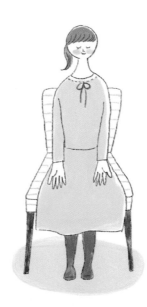

나는 우주 최고의 작품이다.

나는 있는 그대로 완전하다.

나는 모든 것들에게 사랑받고 있다.

나도 모든 것들을 사랑한다.

나는 모든 순간 나를 사랑하고, 소중하게 여긴다.

⑥ 그 문장들의 파동이 마음에 침투하는 것을 느낍니다.

⑦ 그대로 심호흡을 반복하며, 마음에 더욱 깊이 침투시킵니다.

⑧ 끝나면 그대로 5~10분 정도 휴식을 취합니다. 혹은 그대로 잠자리에 들어도 좋습니다. 단, 자존감 명상은 눕지 말고 앉거나 서 있는 상태에서 해야 합니다.

[자존감 명상을 하기 좋은 시간]

※ 기본적으로 자존감 명상은 아침에 눈을 떴을 때(일어났을 때), 또는 침대에 누워 잠자기 전에 하면 효과적입니다. 이 시간대는 상대적으로 의식이 잠재의식에 연결되기 쉬운 상태이므로 침투도가 높아집니다.

※ 일상적으로 자신에게 말을 걸고 싶다고 느낄 때는 언제든 해도 좋습니다. 문장을 계속 반복하는 사이, 점점 더 마음 깊이 침투하게 되고 어떤 모습이더라도 자신을 사랑할 수 있게 됩니다.

주의 사항
※ 자존감 명상을 할 때는 가능한 한 흡연과 음주를 삼가주십시오. 자기 긍정의 문장들이 갖는 긍정적 파동이 마음에 안착(fix)되지 않을 수 있기 때문입니다.

지은이 오오키 유키노 (大木ゆきの)

초등학교 교사이자 카피라이터. 평범한 삶을 살다가 우연한 기회에 명상 세계에 입문했다. 그 후 이전의 삶과는 다른 자유로움과 풍요로움을 경험하게 되고, 자신이 만난 삶의 기적을 많은 이들에게 전하고자 워크숍, 블로그, 책 등 다양한 채널을 통해 독자들과 소통하고 있다.

○ 블로그 '행복 의외로 간단!' http://ameblo.jp/lifeshift/

그린이 사토 요우코 (佐藤ようこ)

광고대행사에서 일하다가 프리랜서로 변신. 마음을 움직이는 그림을 테마로, 주로 명상과 예술을 융합시킨 프리 스타일의 그림을 그리고 있다. LINE 스탬프 제작자로도 활동 중이다.

○ 블로그 '무지개색☆노트' http://ameblo.jp/nijihime/ ○ LINE 스탬프 https://store.line.me/stickershop/author/7973/

※P62 일러스트: macco

당신이 태어났을 때 온 세상이 기뻐했습니다

초판 1쇄 2020년 1월 13일

지은이 오오키 유키노 일러스트 사토 요우코 옮긴이 조은교

펴낸이 설응도 편집주간 안은주 영업책임 민경업 디자인책임 조은교

펴낸곳 라의눈

출판등록 2014년 1월 13일 (제 2014-000011호)

주소 서울시 강남구 테헤란로 78 길 14-12(대치동) 동영빌딩 4 층 전화 02-466-1207 팩스 02-466-1301

문의 (e-mail)

편집 editor@eyeofra.co.kr 마케팅 marketing@eyeofra.co.kr 경영지원 management@eyeofra.co.kr

ISBN : 979-11-88726-44-8 02830

ANATA GA UMARETATOKI, SEKAIJYU GA YOROKOBIMASHITA

Text copyright ⓒ 2017 by Yukino OHKI

Illustrations copyright ⓒ 2017 by Yoko SATO

All rights reserved.

Original Japanese edition published by PHP Institute, Inc.

Korean translation rights arranged with PHP Institute, Inc., Tokyo in care of Tuttle-Mori Agency, Inc., Tokyo through Double J Agency, Gimpo.